書肆 子午線

物語はおしゃべりより早く、汽車に乗って

坂多瑩子

造本・装幀＝稲川方人
装画＝高橋千尋

目次

I

Ⅱ

Ⅲ

物語はおしゃべりより早く、汽車に乗って

I

咲いては枯れる風の通り道にさらす

残されたままの廃線に
石を投げてただ投げ続けて
石ころの塊が大きくなると石と石の隙間を通り抜ける風が
タネを運び始め
ある日花が咲く
そして葉をしげらせ
石はそのカタチを忘れると
わたしに命令する
だんだんその強く語尾がますます強く
わたし
を貫くそれは聞いてはいけない抑揚を持っていて
ところどころ朽ち始めた廃線の終着駅へと行くように強く
駅裏に
水子を

箱に
うずくまるように人形もいれて
送った宛先
偽の診察券
タナムラエイコさん一番から入って奥にいってください
あれから
三回生んで
五回流した
ずぶ濡れのまま
菜っ葉をゆでる
水にさらして　ひと手間が
きれいな色を保つ
わたしもさらして
焼く
骨だけになって
雨は
タネを流し
それでも岩ではないので
ところどころ廃線は廃線のままに
咲いては枯れる　風の通り道に

こない　こなかった
不二家でパフェを食べる　嘘だと友がいう
甘いものを食べるのは嘘だという
ドロップなめた
クッションなげた
ほら
きれいでしょ
おはよう
今朝も石を投げる

時計

秒針が
一目盛りの
あいだを行ったり来たりしている
せわしなく動く秒針に
短針も長針も同じ数字をさしたまま
あたりは静かだ
じっとみる
おもいきり目をこらして
睨んでみる
瞬きもがまんする
SEIKO
という文字がやけにはっきりしてくる
TAKEO
ならいいのに

SEIKO
今と
ずっと昔
の今が
ぐるぐるまわればいいのにガラスがじゃまして
長針にも短針にも
さわれない
金色の秒針だけが
行った
来た　行った　来た
TAKEO
ねえ
きみのヘソのとこに菱形にほくろがあったね
目がかすむよ
この時計
もう寿命
あたしも？
そうかなあ

郷愁みたいに感じるあたしはすて犬みたいにバイトする

居酒屋「民」の
透きとおる水道は
蛇口いっぱい
目一杯広げて皿のソースを舐めとると
次から次へ
一昨日の続きも昨日の続きも良くない兆候も
皿皿
ニホンのトーキョーで重ねて
ねえ　愛しちゃうって
どういうこと
いつも一人でくるね　白いシャツでおじさん
レジでご馳走さま　挨拶していくのが
聞こえてきて
よろしければ

えっなに

あなたの

恋人でいさせてもらっていいですかっていった昨日のドラマの人に似て
左肩が少し下がってて
隙間から覗いてると
うしろから肩叩かれ店長が居酒屋「民」のレシピを書かないかって

開けっぱなしの蛇口は小さな穴でたった一つで
ここが出入り口ですって
突然ですが
ウサギが出てきて
どうしたらいいのでしょうか

ここでは
ものごとはすべて単純に終わるから
透きとおる水道はくねくね曲がったいっぽんの道
蛇口の下で手を洗おう
だからやけに理由もなく泣けて

悔しいよ
あの日の別れかた
レシピひとつワンコイン　ここは空き瓶だらけだ

チャリチャリ音が散らばるとゆうぐれも濃く

裏庭のほったらかしの机の一番下の引き出しに
ボールペン
スケール
蜥蜴がとびだしてきて黒白の子猫が目を上げた

はやく　こっちこい
と　あたしに命令する
人間でいうと前髪みじかく切ったブサイクっぽいやつ
（あたしもそうだけど
でも毛並みはつやつや　足は細くて長めだ

チャリじゃないの
死んだらやけに横柄な態度になりおって
人間だって似た他人が山むこうにはあっちにもこっちにも

いるというから信じちゃいけない　でも

この引き出しで
まだ名前のなかったあいつは昼寝が好きだった

あいつ
喧嘩で
せなか噛まれて猫免疫不全ウイルスをうつされて
おまけに蓄膿に
中程度再生不良性貧血

チャリチャリ　呼ぶとあたりは濃いゆうぐれに包まれて
チャリという音がちらばって
どんどん太っていく雑木の葉の重なりから
丸い背中が時折うごく
子猫のおまえが私をよぶ声を聞いた

配ってみても曖昧はあいまい

駅にひとり駅前にひとりちいさなトンネルのなかにもひとり
あたしを配る

配ったって結局はひとつにまとまり
だれかが捨てた綿菓子の棒をなめている
ほんのり甘い
甘さは
あかるい広場に連れていってくれるけど
そこでは
あの子とあそんじゃいけません
なんていう
おとながいて
あたしはこそこそ公園の便所に逃げる
いつになっても小心ものだね

空襲の激しくなったころ駅下のトンネルの出入り口に爆弾がつぎつぎ落ちて
逃げ込んだ人たちがみんな死んだそうで
伝えていきなさいと
回覧板に書いてあった

今朝もトンネルはかわいくひんやりして登校の子どもたちでにぎわって
平和にみちた絵本の一ページ
それもほんの一瞬で
ごつごつした黒い自転車が焼け焦げている

放置自転車は違法です
隣組のおばさん達がやってきて赤い紙を貼っていった
あなたも違法です
額にペタリ貼られた
いえいえおばさん達こそ違法ですといおうとしたらもう誰もいなかった

あたしはといえば曖昧なまま綿菓子の棒をなめている

ときどき明日

インター出たとこでトラックが炎上してる
テレビのニュースがいってたとキヨシがいう

でも空はしずかだ
ヘリコプターもいない
上りも下りも渋滞なし

トラック炎上はあった
あったけど三年まえの明日だ

エヌエチケーの交通ニュースだというけど
あたしは明日味噌汁つくっていたから知らない

キヨシをみると輪郭がぼやけてる

大丈夫なのと聞くとぼんやりしたかたまりが
なにがという

あの日はたしかにトラックは全焼していた
ヘリコプターが数機うるさかった

ヘリコプターすごい
空いっぱい
うるさい

空　静かか騒がしいか
明日になったらわかるよ

大丈夫かとキヨシがいう

何いってるのよ
あんたがトラック炎上っていったじゃないの

味噌汁まだなの

煮立った味噌汁の匂いがしてきた
窓のそばのレンジにケトルと鍋が右と左

追う

ころぶなよ
と声がして
小道具が色々おいてあるからね
舞台からまた声がして

訳わかんないセリフを言わせた男が
私の前でタバコ吸ってる
ここは禁煙地帯

煙が舞台に流れ　紫の
出演者たちの足をうす紫に染めていき
全体を染めていき
服が擦れあう音がする　でも歓声にかき消されて
いつまでもねてないで

ゆめ

起きて

男がパリパリ音立てて　なに食べてるの
ビスケット一枚くれた
あたしはそっちのチョコのついたシガールのほうがいい

地球に国境はない
なんて気取ってあの男はいう

あたしには興味ない
国境もない
こんな男とさよならする場所が見つからない
幕　降りない
風　まったくない

ドリンキングバード

あした
買いにいこう

白のシルクハットをかぶって　嘴
黄色かったかな
尻尾のふあふあ羽をカラスの羽に取り替えて
いつ壊れたっけ
部屋の温度と水の温度が一緒になって
西日の当たる部屋
ちょっとまが抜けてたけど

マジックバードっていった
ハッピーバードだってば

ベッドにかけた君の指の先から
骨をかいて肉付けしてきれいな足の先まで描きあげると
洗い立ての白いシャツを着せる
それから君を鳥籠のなかに入れる

夜になると黒いカバーが鳥籠を覆いしんと静まり返って

ドリンキングバード買いにいこう

君の言葉を思いだし

開け放された窓
窓に張りついた陽射しが黒いカバーを吸収すると
籠のなかも朝になる

遠い台所の流しの隅っこにも朝が来る

もう彫像のように動かない

猫が無印ノートに乗ってきて　右の眼に涙がたまっているが喉を撫でると
長く長く首がこちらにのびてきて

ろくろろくろ首って言われてたカヨちゃんが
ろくろがどくろと呼ばれるようになってもいつもお下がりの服で素直に振り向き
カヨちゃんの背中の真ん中あたりを指で触るといけすかんと
ニコニコ笑いながら
誰も知らんのや　うちらのクラスの子　背中の　やけど
ちいさくいうカヨちゃんの唇ふさいで
ひみつ
が指先からコロコロころがってころがりながらドブの中に落っこちて
また笑う
いけすかんのはあんたや

髪を結ったリボンが大きくそりかえって
ろうそくの蝋垂らしてみるけん
あんたの足にな　火がゆらめいて
ここにろうそくいっぱいあるけんと言うカヨちゃんグルグルまわりながら
鏡台から紅筆とり出して唇を小さくまとめると
首をのばしガチョウのように大きな声でおばちゃんいつ帰ってくるんと言う
色白のカヨちゃんのスカートの丈は長かったり短かったり
空の太陽も沈んでいく　まいにち沈んでいく

舐めた
猫がきてあたしを舐めた

仰向けにひっくり返って押し殺した笑い声にカヨちゃんとあたしは
ほっぺたをこすりあって
そんな日が蘇る　青空
青い空が一面の石の上にへばりついたまま
葉鶏頭
氷ミルク
サクラクレパス

比喩のない背中に

どこか地面のずっと下でいっぱい蝋燭の炎がゆれていて
比喩ではなく
一本一本に人の名前がついていると信じていたころ

あるとき
錦鯉の赤ちゃんがみんな水のうえに浮いていた
ローソク病って変な名前の病気だと知ったのはいつだったか
気がついたら
知っていた

人も死ぬってこと気がついたら知っていた

誰かがいった
見ててごらん　消えるよ　一番きれいなのが

それはいつも雨の降る日ばかり
一人ずつ
じいさんばあさんじいさんばあさん
同じように横たわって葬式の真ん中にいるしあわせな死に
誰かが泣いて
誰かが空を見て
美しい顔のひとがいて

説明ではなく
ねじれたり凹んだりしていたことに
気がつく前の
ずっと前から
炎が尽きて死が順番なんて
そんな嘘に
嘘っぱちにあたしは思いきり穏やかに激しく死を抱きかかえていた

みんな生きているよ
と誰かがいった
息を吹きかけてごらん

からっぽの空

みずたまりに映る空を持てあましていた

石ころを持ち上げて
ダンゴムシを
つまみ上げては空に落とした

そこに沈んでいる
炭酸水の赤くへちゃげた缶の上で
ダンゴムシがいちれつに
おいでおいでをする

細長いかたちの葉を浮かべてやる
ただの草の葉

むしり取った草だ

みずたまりの中には小さな世界があって
それは別の世界で
行ったら戻ってこられない
お母さんが呼んでるけど
からっぽの空
見上げるとちくちくする

好きなようにどこに行ってもいいよ
白い木綿のソックスを足首でぐしゅぐしゅにして
通行止めになってる広い道

むしり取った葉がまだ生き生きと季節の風に揺れている
疼くを
持てあましていた

放り投げた鞄を拾う
教科書はもうなくて教科書の間に挟んであった手紙はもうなくて
ここは運動場でした

少年の
ぬれた足裏　一葉の写真

ひとりごとのようにポピーが

あの日の
朝のスープが
のうとに溢れて
そのまま閉じてしまった見開きのページは赤いにんじんやら緑のピーマンやら飲み込んだまま
鬱陶しい空に似て
それでも
雨も降らず
乾ききった砂つぶのような数えきれない夜を通り過ぎてある朝
炎のような赤い葉の萎れたコリウスをみたとき
あたしは眠っていたのだ
目を覚ますと
打ち捨てられたはずの庭の片隅にひからびた肉の一片が
トリか
ウシか

あたし　そのものか
そのそばで生木が音を立てて燻っている

後付けのように
独り言のように
背の高いポピーが咲き乱れ
ゆっくりふりかえり
垣根の向こう
少しロマンチックに
じっとしてると
何かにかりたてられて
それはあたしに応えるように
かたむく時間に
抱きしめて
華やぐまで
脱ぎ捨てて
もはや戻ることのない道に
今ひらいたばかりの赤い花びらがてんてんと落ちている

うかつよびこむベンチはうららか

春日和なのに

見かけない婆さんが手招きするから
公園のベンチ　となりに腰掛けた　すると
しわくちゃな手であたしの手を引き寄せると小声でこういったのだ

女と老が
いっしょになると山姥になる　あんたもやっぱりなるんだね

婆さんが
いきなり髪をかきあげた
すると頭にでっかい口がぱっかりあいた

あんたもかきあげてごらん

あたしも髪をかきあげてみたら婆さんを飲み込んでしまった
春日和なのに
ああ　迂闊だった

うかつはうかつにうかつをよびこむ
若い男がきたので髪をかきあげた
もっと若い男がきたので髪をかきあげた
キレイな女がきたので調子に乗って髪をかきあげたら
大騒ぎになった
いろいろ不都合なことでも起きているのだろう

まあ関係ないけどね

ベンチでひとり
髪をかきあげてる婆さんみかけたらそれはあたしです
声をかけてください

友が

東南がいちまい窓で
そんな施設に入ったから
遊びにと
はちじゅういち号室

友はしゃべりつづけた
象が昼寝できるほどの
おおきなへやがいいと
北のもの入れは
仕切りも
引き出しもないから
ものすごく
不経済な収納で

大きなふうせんが
みっつ
とびらあけたら
ふわり
でてきてもおかしくないね

紅茶すすって
それから
とりとめないものたちと
へや中走りまわって
あれから
友
どこにもいない

西日のあたるドアの前で
象が
あくびをしていた

偏食

今日も雨がふる

芋虫は
ドロドロから蝶になる
んだって
テレビの人がいっていた
わたしも
血がドロドロになっちゃって

大事な体です
好き勝手なものばかり食べてはいけません
給食のとき先生がいっていた

あのときはサラサラだったのに

かわいいでしょ
このTシャツ
Tシャツの奥がドロドロになっちゃったよ　先生

閉め切ったへやに
タオルや
下着や微生物のにおいまで紛れ込んで
わたしのからだも
生乾きで

先生
芋虫は好きなものしか食べませんよね
好きなものばっか食べるわたしはこれから何になるのでしょう
何になるのでしょう
となりの家の山椒の葉っぱ　みんな喰ってやろうか
それから
わたし
美しい蝶になる　蝶になったそのさきは
明日
かんがえる

この単純さで

「カタチをかかえていくしかないんだよ
私たち　にんげんって」
なんという詩的なことばと
耳を傾けていたら
「昨日さ　あちこがね」

あちこ　と聞こえ
ちがうかな
なんかぐじぐじしながら
空白の輪郭が
あいまいになり
彼らの話はとつぜん小声になり
よくある愚痴が続いている　よくあると思ったことに
ちがう

なにかが違うはずだ
ときれいにまとめようとすると

あちゃこ
花菱アチャコ　あちゃこが出てきて
にぎにぎしい風が吹き
こみあげてくる愉快さに
バスの窓をたたく
バスが走っている
その正当性に笑いをこらえる

どうしてかね
にんげんって
そう聞こえたかどうか
にんげんたちはちゃんと歩道の上をあるき
あたしもあとを追う　この単純さで
夕飯の支度にとりかかり
家族で
豆ご飯をたべる

音だけを耳元においていき　それはいつまでも降り止まず

俗なことばかりの一晩中を
ゲージに閉じ込めて
口を拭ってみても
誰のものでもないため息が聞こえる
その重さが明るさを装って襲ってきそうな昼日中に
君の一言を抹殺したくてとても綺麗に
フルーツパフェを舐める　最後のひと舐めに
砂混じりの風が小さくトルネードを作り
ガラスの器の中で
七色に反射する　その真ん中にいる少女が人形を投げてきた
受け取ってはいけない
片うでのない人形の魂
魂などと言ってくれるな　少女と人形は笑う
変わらないねと嗤う

そんな一時の世迷言に
一晩中
降り続いた雨は音だけを耳元においていきそれはいつまでも降り止まず
外はカラカラ晴れているのに束の間の君の気配が小降りになったり土砂降りになったりする
こんにちは　挨拶すると
山びこみたいに
こんにちは　かえってくるが
君はどんどん離れ道路ごと逃げるように逃げ足がはやい
街灯も
立て看板も
赤いワゴン車も
もうみんな
みんな点になってしまって
ひとりで体育座り
お尻が痛くなるよ
スカートの横に落ちていた丸く白い石を
道しるべの石
と
決めた
ポケットに入れて挨拶すると君はことばだけになって私を一晩中ゲージに入れるから

夜ばかりが
雨漏りのように落ちてくる　落ちてガラスの器をたたく

とめどなく日常

緊急事態宣言ですこし遠くのスーパーに行くようにしたら

きょうは
その人　坂の手前のパン屋のかどをひょいと曲がった
つられて曲がると
わっ
ぐらんどみたいな
空地
ひとっこひとりいない

マサトに似ていた
埒もないこと考えながらパン屋に寄ってイギリスパンを買って帰った

布巾を洗って麦茶を沸かし

家事の終わりはいつもと同じように終わったが
「おれは、パンに夢をくっつけて食ってるんでさあ」
という一行を菅原克己の本からみつけた
するとちょっぴり楽しくなって
なにかを追っかけるようにあたしは走っていた
やぶれたフェンスをくぐると
橋
蓮畑
バス停
左に曲がると
高等学校
校門の奥に百葉箱　その横にマサトが立っていた
なんだ
そんなとこにいたの
あれからどうしたの　元気だったの
あたしは息せききって聞いているのに　早く行けよ　遠い夕暮れで彼はいうのだった

死んじまえ　このバカ
ノートに書いて
でたらめの会話と
イギリスパン一斤二七〇円お釣り二三〇円
スーパーで買った味噌と干物のメモを付け足した

ヘビが出るよ そこ

人混みの中であれをみたのは初めてだった
あれが時折やってくることはなんとなく知っていた
電信柱に気をとられていたせいか　フェンスにぶつかって
そのとき　あれが通り過ぎていった

あれは奇怪で
でもそれは外見だけ
と誰にいうともなくコトバにしてみて

コトバなんて
コンクリの割れ目から覗く雑草のようで引っこ抜けば枯れていってしまう
水がどんどん抜けてって抜けてって
おまえは顔もぶきっちょだねえと
いわれた友が初夏のグラウンドで

あんたのせなか　床ずれだよというから
男たちのようしゃない視線で
血がにじむ

ちっちゃく
みえる
村の一番はずれの山のふもとのトリアゲばあさんのトーサカさんの家

みちゃだめ
木いちご
ヒトデ
ヒトデナシ

夜があちこちではじまり
月明かりによどんだ水がうすあかくわすれもののように沈んでいる

あれが見せてくれるものはどれもこれもかなしい

空き地の蛍光塗料の立て看板に
お菓子のおうち

あっち
その下で
あの人に誘惑されたくて待っていました
ゆうわく
声にだしていってみると湯が沸くって聞こえてしまって

ふり向くと
あれはフェンスの前で空を見上げていた
半世紀前の空だよ
ほら
ほら
あそこ

Ⅱ

枇杷

黒い斑点だらけの実がびっちりついていた
ひとつとして無傷のものは
ない
見事に
やられたね
枇杷
の木

ひさしぶりに
法事で帰った萩市大井貞平
典型的なふるさとがひそんでいたよ
暗くもないのに
つまずいて

鼻先に果肉のすえた匂い
あわてて
また
つまずいて
ひざ小僧から血がでた
ガラスの破片で切ったみたいにタラタラ
じいちゃんばあちゃんおばちゃん
飛び出してくるはず　だから
ちいさくなって
じっと
待っている
軟膏
油紙
だれも持ってきてくれない　タラタラとまらない
痛いよ
我慢してじっと待っている

取り壊された家の
裏庭の枇杷
あたしだって

斑点がいっぱい　いっぱいになって
帰ってきた

春（昭和三〇年）

家の奥の八畳間の布団で
亡くなりんしゃりました　といわれて
祖母が死んだ

土葬の時代は終わり
火葬だったけど
温度が低かったか
燃料が足りなかったのか
祖母はすっきり骨になれなくて

郵 便 は が き

恐れ入りますが
所定の切手を
お貼りください

162-0055

東京都新宿区余丁町 8-27-404

書肆 子午線 行

○本書をご購入いただき誠にありがとうございました。今後の出版活動の参考にさせていただきますので、裏面のアンケートとあわせてご記入の上、ご投函くださいますと幸いに存じます。なおご記入いただきました個人情報は、出版案内の送付以外にご本人の許可なく使用することはいたしません。

○お名前《フリガナ》

○ご年齢

歳

○ご住所

○電話／FAX

／

○E-mail

読者カード

○書籍タイトル

○この書籍をどこでお知りになりましたか

1. 新聞・雑誌広告（新聞・雑誌名　　　　　　　　　　）
2. 新聞・雑誌等の書評・紹介記事
（掲載媒体名　　　　　　　　　　）
3. ホームページ・SNS などインターネット上の情報を見て
（サイト・SNS 名　　　　　　　　　　）
4. 書店で見て　5. 人にすすめられて
6. その他（　　　　　　　　　　）

○本書をどこでお求めになりましたか

1. 小売書店（書店名　　　　　　　　　　）
2. ネット書店（書店名　　　　　　　　　　）
3. 小社ホームページ　4. その他（　　　　　　　　　　）

○本書についてのご意見・ご感想

＊ご協力ありがとうございました

書肆子午線　電話：03-6273-1941　FAX：03-6684-4040
E-mail：info@shoshi-shigosen.co.jp

物語はおしゃべりより早く、汽車に乗って

「切れ」の切れ味

杉本 徹

一見すると軽妙な、そして苦味をきかせた早足のスケッチといった姿で、坂多瑩子の詩篇はあらわれる。だが、一筋縄ではいかない。最終的に詩人が引き受けようとしている、いや無意識のうちにつねに射程に収めようとしている何かは、外見とは裏腹にもっと本質的に底深い。私にはそう思える。少なくとも、日常生活の派生物として派生物のまま書かれた身辺雑記とは、わけが違うのだ。

　何より、この詩人はみずからの詩行が完成とともに〈作品〉化すること、そのことへの明晰な配慮ないし志向を、片時も忘れない。忘れないどころかむしろ、〈作品〉化に向かう動線の発見こそが、そもそもの、詩作の出発点にあるのだろう。

いっぱい話したのに
なにも
一つも
覚えていない
大事なことになるとあたしは
いつだって他人になる
世界の果てまで
他人だよ
（「しあわせ」）

坂多流のマニフェストともいえそうな巻末の一篇、その最終連を引いてみた。いやはや、面目躍如といおうか、見事である。全行は詩集を参照してもらうとして、ここで詩人は、自身の大事な体験や現実（非現実も含め）を前に間髪入れず「大事なことになるとあたしは／いつだって他人になる」と、返す刀一閃、あざやかに突き放す。この、素材やテーマに対する瞬間の、ウルトラドライな距離の決めかた、これである。

　俳句の切れとは別物である。しかし要所で閃く、こんな坂多流の「切れ」により一気に獲得される、不穏なまでにしたたかな主体の〈謎〉——この主体の〈謎〉の成立が、坂多瑩子の魅力であり、その〈作品〉化の過程の重要なワンピースであるには違いない。引用詩に即していえば、さらに畳みかけて「世界の果てまで／他人だよ」とつづく、

この「世界の果て」の顕在化には、にやりとさせられると同時に掠めるような戦慄すらおぼえる。

どこか地面のずっと下でいっぱい蝋燭の炎がゆれていて
　比喩ではなく
一本一本に人の名前がついていると信じていたころ
（…）
人も死ぬってこと気がついたら知っていた

誰かがいった
見ててごらん　消えるよ　一番きれいなのが

（「比喩のない背中に」）

数行の流れのなか「人も死ぬってこと気がついたら」と、ここで瞬間するどく針で留められる現在、そしてこの「気がついた」現在以外が不安定に宙吊りにされる感覚、これもまた坂多流の「切れ」の味わいだろうか。ともあれ、詩行の機敏な運動神経の冴えは、一篇ごとの単位で受けとめるべきで、痛快きわまりない細部は無数にあるものの短い部分の引用が本当にむずかしい。しかしこれこそ、この詩人の〈作品〉一篇の魅力の証左なのだろう。

過去と未来、若さと老い、さらには生と死が、じつにアイロニカルに俯瞰され、その俯瞰する視線の足場はさてどこにあるのかと考えると、ふと、底の知れない深い深い何かをさりげなく手渡されたのだと、気づく。

物語はおしゃべりより早く、汽車に乗って

エイコと瑩子

柴田千晶

2

坂多さんはこれまで六冊の詩集を出している。そのタイトルはどれもそっけない。最近の二冊はとくに。『こんなもん』とか『さんぽさんぽ』とか。坂多さんらしいなと思う。でも、坂多さんらしいってなんだろう。七冊目の詩集のタイトルは『物語はおしゃべりより早く、汽車に乗って』と、少し長い。目次にも長いタイトルが並んでいる。「咲いては枯れる風の通り道にさらす」「郷愁みたいに感じるあたしはすて犬みたいにバイトする」「チャリチャリ音が散らばるとゆうぐれも濃く」「音だけを耳元においていき　それはいつまでも降り止まず」そして、「物語はおしゃべりより早く、汽車に乗って」。長いだけではなく謎めいている。郷愁をおびていて、どこか寂しい。

私の知らない坂多さんがこの詩集の中にいる。

巻頭の「咲いては枯れる風の通り道にさらす」には、子どもを流した女のひとが出てくる。三回生んで五回流した女のひとは、偽の診察券で産婦人科を受診している。タナムラエイコという偽名を使って。この詩集には、いくつかの罪の記憶が記されている。この詩もその一つ。「残されたままの廃線に／石を投げてただ投げ続けて」わたしは廃線の終着駅に向かう。石を投げて石を積んでゆくのは、死んだ子どもが石を積む姿に似ている。廃線の終着駅には、わたしが流した水子と偽名の女、タナムラエイコが待っている。ここから、わたしとタナムラエイコが一つに重なってゆく。エイコは、水子を「箱」に容れて、でたらめの住所に送ることを思いつく。宛名にタナムラエイコと記して。水子を容れた「箱」はどこにも届かない。宛先不明のままこの世界をさ迷う。「こないこなかった」。現実の世界で、わたしは「箱」を待っている。不二家でパフェなんか食べながら。ここでパフェを食べるのが、私の知っている坂多さんだ。でも、坂多さんの中には、ずっと昔からタナムラエイコがいたのだ、きっと。

いつか書かなければならない。そんな詩がある。タナムラエイコもそういう詩だろう。幼いころに亡くした父のこともぜひ書いておきたかったのだと思う。父の故郷、萩市大井貞平にまつわる詩がとてもいい。枇杷の木だけを残して取り壊された祖父母の家（「枇杷」）。祖母が死んで焼かれたとき、骨に肉が残っていたこと。それでも親族たちは文句を言わず「空襲で焼かれた人よりキレイなカタチだったから／笑いながらみんなで飲み食いしていた」（「春（昭和三〇年）」）こと。その死んだ祖母が、あたしの枕元でいう。「おまえになにがわかる」「わからないものは書くな」と。「わかった顔して書く」（「遺伝」）と、あたしはうそぶく（ここも坂多さんらしい）。

「地図帳はひどく明るい空を笑う」では、現在《いま》起きた飛行機事故と、過去の戦争シーンが繋がっている。二七歳で戦死した父と、その後を生きて父を忘れた七九歳の母を思って、私は夢の中を走る。「伝えにいかなければ／おおきなものとかちいさなものが消えていく」。爆弾が炸裂する空の下にいる若き日の父と母と小さな子どもの私に、これから起きる危機を知らせるために走っている。戦争の理不尽を、怒りと悲しみを、坂多さんは書いておきたかったのだ。

あとがきに、「自分にとって原型となり得る詩を見つけたと思った」と、ある。「夏のおわりに父」が、その詩なのではないかと思う。

父の記憶の断片を記した「夏のおわりに父」は長編詩。けだるくてあまくてせつない。「海のそばで／生まれ／海で死んだ／父親のことなど／とっくに忘れていたのに」

「父親があたしの記憶のどのあたりで死んだのか」と、父にまつわる記憶を手繰りよせている。幽霊の衣装をかんぺきに着こなして笑う父、ざらざらした手で石鹸をにぎり、あたしの背中を洗ってくれた父「あの手は本当に父親の手だったのか」、「中二の夏休み／小屋のような神社の一室で／死んだ父の声を聞いたことがある」。親族のだれにも、母親にも聞こえなかった父の声をあたしだけが聞いた。だから「呼ばれたよ／とはもう誰にもおしえなかった」。長門大井という駅を通過する汽車の汽笛、三等車の窓から首をだすと、汽笛をならしていた男の後ろ姿が見えた。あれは父だったのか……。

顔のない男がヘイ・ユーという
へい・ゆう
ヘイ・ゆうとわざといってみる（ことにする）
おおいかぶさってきた男の顔は
顔がない（と思っていたが）
かぎりなく広い

顔のない男の気配。父が逢いにきたのだとわかる。「わかるよ／くすぐったいもの」。暗がりに見えるのは、見覚えのある左肩下がりの衣紋掛け。父の幻にむかって、「へい・ゆう」と、あたしはつぶやく。これは、父への恋文だ。「へい・ゆう」と、つぶやくとき、生と死の境界である昏い海から上がってくる顔のない男が見える。
「かぎりなく広い」もの、それは死だ。そして愛だ。
「あいかわらず　左肩下がり」という言葉にひっかかって、詩集の頁を遡ってみると、あった。「左肩下がり」の男が登場する詩が。「郷愁みたいに感じるあたしはすて犬みたいにバイトする」の中に、白いシャツのおじさんが出てくる。居酒屋「民」でバイトするあたしは、そのおじさんがとても気になっている。この詩も父を恋う詩なのかもしれない。
おつまみ全品ワンコインの居酒屋、ここで働いているのは、どちらのエイコだろう。タナムラエイコかサカタエイコか。どちらだっていい。

大事なことになるとあたしは
いつだって他人になる
世界の果てまで
他人だよ

（「しあわせ」）

どちらのエイコも愛おしい。

ぶつぶつって
肉があちこちついてる感じで
変な匂いがした
だれも文句なんかいわなかった

空襲で焼かれた人よりキレイなカタチだったから
笑いながらみんなで飲み食いしていた

遺伝

わたしには伯母がたくさんいる
貧乏か
小金をためているか
その程度の違いしかないが
いちように痩せていたから
遺伝だったのか
時代のたべものが不足していたのか
月夜の庭で
ゆらゆらゆれている

一の伯母はスペイン風邪で早くに亡くなり
二の伯母は役者にあこがれて大阪にいった
三の伯母は伊部の窯焼きに嫁いで未亡人になった

四の伯母はキツネにだまされて肥溜めに落ちた
でも百まで生きたからご利益があったにちがいない
五の伯母は船乗りと結婚して
六女だった母のことはよく知らない
男の兄弟もいる
わたしの若き伯父だ
行年二五歳第六八師團野戦病院ニ於テ死去

祖母が枕元でいう
おまえになにがわかる
わからない
わからないものは書くな

わかった顔して書く

祖母も痩せている
遺伝なのに
あたしは痩せていない
それでからっぽなさびしさが
月夜の庭で輪になって

おいでおいで
みんなあたしのほうを向いてるのに
誰の表情もわからない

一〇歳までに読む名作

探偵ものが好きだった
母は偉人伝を読めという
偉人になれという

有名な天才が囲炉裏におちて左手をやけどした
あたしだっておちた
囲炉裏のなかに
おくるみにくるまってコロコロっと

足も手も顔も無事
偉人になれなかった
あたしは天才でもなんでもないから

やけどで痕が残るのはいやだ

偉人伝の偉人たちは
みんな偉い　偉いのに
（ライビョー）と（テンボー）しか覚えていない

世の中は不幸だらけの蜜の味と近所のお兄ちゃんが教えてくれた
誰もいないときに
お兄ちゃん
あたしのおしりそっと触った

地図帳はひどく明るい空を笑う

飛行機が
鉄骨のらせん階段をぶらさげている
と思ったら
たてこんだ商店街の上に落ちた
もうもうと土けむりがあがり

ほんの数秒の出来事だが
またただ
こんなところに　どうして

「こんなところに　どうして爆弾が落ちるの？
わたしたちは寝てましょ」
母は笑い

私はうすく地図帳を閉じる
閉じたはずの
頁で
爆弾が炸裂する

男は二七歳で戦死
女は七九歳で男の記憶を失って

それがどうしたの
写真たちが笑っている
血縁のものたちが笑っている

破り捨てた地図に書きとめておかなければと
あちこちから集まった人が話し合ってる時刻
私はほんものの肉入りスープを食べて
チョコレートパフェを食べて

また夢をみる

さきほどの飛行機が攻撃をうけ
伝えにいかなければ
おおきなものとかちいさなものが消えていく
ここを曲がってね
応戦している
空
を横切ると
男は父で女は母　私は小さなちいさな子どもになりひょっこりと現れた

夜ごと 書きなさいと言われても

いつだったか
夜ふけ
鏡をみると
母が死んでいた
よく似た顔だ
うんざりだ

もう死んで一〇年は経っている
一緒につれていかれたあたしも死んで一〇年

背中のどこかがスースーする
母親に食べられたとこ
メロンパンが三個ポッカリ入る大きさ

ちょっと哀しい日常が凝縮されて

あたしを食べた母を
あたしは
いつか書くはずだったとファミレスで女友だちにいい

ああ　友は夢のような美少女だった

おかあさん
死ぬのはいいけど
美少女のあたしをつれていって
残りかすみたいなあたしを残していったね

そのせいで
あたしの書くものはいつも消しゴムの消しカスでいっぱい

いつだったか
夜ふけ
鏡に
にっこり笑ってやった

物語はおしゃべりより早く、汽車に乗って

夏やすみになると
母から
父のもとへ
毎年あたしはひとりで呉から長門大井までいく

一ヶ月分の荷物をチッキにして

乗り換えの厚狭駅まで
迎えにくるのは父の父だ

チッキと対であたしは
手渡されていく

汽車は三等車　窓を開けると風がきて本の頁がめくれてとても早く
お話はいくつも過ぎてセルロイドの筆箱からトンボ鉛筆を取り出す

襟は丸くおおきくギャザーいっぱいのスカートの黄色いワンピース
を着た女の子を描きたすと　物語はおしゃべりするより早く進んで
人買いの手に渡ってしまったあたしは大きな街の駅舎に立っている

プラットホームで待っている祖父はあたしにはもう気がつかない
かまやしない
女の子はプライド高く高慢なのだ
お腹すいてもお菓子なんて盗まない
迎えにきた馬車に乗ってやる
馬車には汚い子どもたちが押し込まれているのだ

ハハカラチチ　チチカラハハ

チッキと対であたしが手渡されていく夏やすみ

べつだんどうということはない
いつだって短くおもう
そうとか
ああ
とか

ただいま

トンネルのちょうど真ん中あたり橙色の灯りが
広がるところに
丸いちゃぶ台を
囲むように

明るい車内からみると

座っている
あたしに背中向けて
見覚えのある背中ばかりなのに
ひとり
こちらを向いてる顔がある
母のはずなのに知らないお母さんの顔
青木くんちでも

塩子の
お母さんでもない

小さな茶碗が妙に目に焼き付いて
大きい葉っぱが一枚小さいの二枚が茶碗の白さに落ちている
ご飯粒があちこちくっついていて

でも
いっしゅんでとおりすぎ

ふりかえると
きれいに並んだ窓みたいに　常夜灯
ご飯粒はもう干からびて　からからに少し黄ばんで
指先にちくちくするけど

はやく帰っておいで

電車を降りてあたしは
どこか知らない家の子どもになってちゃぶ台のほうに歩いている

台所

里芋の皮をむいていると
すみっこのほうがさわがしい
文句言われているのは母で
しょうもない顔して立っているのはばあちゃん

そげに皮あつうむいじゃあいかん

里芋むく母は水を出しっぱなし
水道のメーターがぐんぐんあがる
あたしじゃない

言い合っているふたりが
揃ってこっちむいた
あれ　あたしの顔がふたつある

そげんむいで
たべんとこすくのうなるじゃろに

ばあちゃんがのぞきこんだ
あたし　ばあちゃんとこの嫁じゃないよ　孫
と言うと
ふふふと腰まげて台所を出ていった

水道のメーターを止めに母も台所を出ていった

里芋が煮える
あたしひとりで味見してる
ばあちゃんの分
母の分

課題

しめじを大きく育てるにはどうすればよいか
という課題が
ちっとも先へ進まず
しめじを大きく育てることだけを考えなさいと先生にいわれ

湿度と温度の関係を一晩中考えていたら

小学生のころ一晩中映画館にいたことを
思いだした
オールナイトだ

誰かと一緒だったんだろうけど
そんなことはさっぱり忘れてしまって
途中で目がさめると

白黒の世界でお母さんが菜っ葉をきざんでいる

しめじってなに
しめじってなに

あたしが聞いてるのに
お母さんは大きな声で知らない子の名前をよんでいる

次の晩も
しめじを大きく育てなさいとだけいわれると
チャイムがなって授業はおわった

紺のカーディガンがみつからず遅刻したから
だいじなことを聞き漏らしたのだろうか

そうやってすれ違ってしまう
それが
ちょっとだけ
かなしいのである

夏のおわりに父

海のそばで
生まれ
海で死んだ
父親のことなど
とっくに忘れていたのに

海を持って
君に会いに行く
と書いた高階杞一さんの詩を読んで
海を持っていってやったら喜ぶだろうな
と朝からウキウキしてしまった

海は

なんでもためこんでいるから
ブランコだってバスだって
おおきな流氷のかたまりだって

ガリガリかいて
いちご水をたっぷりかけて

どうぞ

幽霊の衣装をかんぺきに着こなして
あたしの父親
わらった

＊
父親があたしの記憶のどのあたりで死んだのか

＊
ざらざらする手だからと
四角いせっけんをそのままあたしのせなかを
いったりきたりさせて　手ぬぐいつかえばいいのに

なんていまごろになって思うよ
履物はいていく暗い風呂場の右側に五右衛門風呂
大きな蜘蛛が二匹いつも壁にへばりついていた
あの手は本当に父親の手だったのか
あれからあたしの背中をさわったものはいない

＊
ピンクのひよこがポケットいっぱいになって死んでいる
記憶あるか　ないか　生ぬるく　なんども潰しそうになる

＊
中二の夏休み
小屋のような神社の一室で
死んだ父の声を聞いたことがある
とてもながいじかんすわっていた
親族が集まっていて
その時間が終わったあと
ふつうに　みんなさっぱりと喋っていた
どこでごはん食べる　とか
襟曲がってる　とか

声
聞こえたよね
といったら　さっとみんな振り向いたけど
母だけが答えた
何も聞こえなかった　と
それで
すべておしまい
呼ばれたよ
とはもう誰にもおしえなかった

＊
ちっちゃな青空
という言葉がやけに好きだった　松尾和子の歌う「再会」
あたしの見ていた空はいつだって大きかった
よそよそしくていじわるで　きどりや
だから　あっかんべ

ちっちゃな青空って

かわいい　かわいいかわいいといっていると
ひとりにしないでとちっちゃな青空がいうので
抱きかかえてあたしだけのおうちに帰った

＊

長門大井という駅を
汽車がとおりすぎる
レールは二キロ以上離れているが
耳もとまでやってくる
あたしは
その汽笛を
合図に
ひたすら汽車の乗客になって
窓をあけて
煙をすいこむ
鼻の穴だって肺だって真っ黒になって
三等のかたいまっすぐな背もたれにもたれて
ニスで塗り固められて
やさしかった木の時代は封じ込められているけど
そんなことおかまいなしに

窓から首をだす
汽笛をならしていた男がいたなんて
そのときは
気がつかなかった
よるのよなか
柱時計がふたつ
まるい音をはこんでくる
汽笛にするどく叱責された

*
顔のない男がヘイ・ユーという
へい・ゆう
ヘイ・ゆうとわざといってみる（ことにする）
おおいかぶさってきた男の顔は
顔がない（と思っていたが）
かぎりなく広い
そうげんだ　歩きだせば
どこまでもゆける（かもしれない）
素足のくぼみの
花に

虫がへばりついている
そんな隙間にも
風はふく

わかるよ　くすぐったいもの

いつ
来たの

書き割りのような　お面のしたは首
ではなく
なにもかかっていない
衣紋掛け
あいかわらず　左肩下がり

夏のおわりに

へい・ゆう

Ⅲ

駅舎で

コーンという名のタワーがある町にいこうとしていた

ぺたんこ屋根の
駅舎で電車を待っていた

ベンチに
すわっていると植物が絡みついてきて

いろんな顔が
見えたり見えなかったり

老婆が
シワに乳液をすりこんでいる
水白粉をひと塗りして

ふた塗りして
小娘になった
なみからよいにかわったね
もっと化粧しろとあたしはいってやる
いいのかねえ　つるつるして
またひと塗り　もっとひと塗り
赤ん坊になっちまうよ
コーンというタワーのある町ってどんな町だったか
町には一度も行ったことがない
ばあちゃん
これからどうしよう
赤ちゃんが大泣きしている
電車　こない

ひきこさん

きょうは最悪　ひきこさんに会ったと
とつぜん話しかけられ
ひきこさんってだれ　聞くと
肉塊になるまで子どもを引きずって歩くらしいが
いまひとつ良くわからない
はなこさんなら知ってる
ああ　はなこさんねと
バカにされた
はなこさんはね
といっても興味がないらしい
ひきこさんの話ばかり
なんなのと聞きたいところを我慢して
またねというともじもじしている

トイレについてきて欲しいという
なんだ　こわいんだ
と思ったが相手は幼稚園の制服姿
ネギと大根かかえてトイレなんて行きたくないけど
はしゃぐようにひっぱられて連れ込まれてしまった　あたしは
ひきこさんなんて作り話
そんな人はいないよと
あの子に教えてやろうとしていた　それで
まだなの
声をかけた
広くて清潔なトイレは
しんとしてひとりあたしが立っているだけだった

学校

池の近くで幽霊がオタマジャクシを殺していました
と先生にいったら
池には幽霊なんていないとしかられた

廊下に立っていなさい
それで廊下に立っています

さんすうの時間
チョークがとんできた
あたしをかすめて後ろにとんでいった

クサイっていわれていた女子に見事命中
立っていなさいとはいわれなかった
そしたら次の日

あたしの机の上にオタマジャクシがうじゃうじゃいた
もっと立っていなさい
聞かれたことにはちゃんとこたえなさい
もっととちゃんとが混乱して
ごめんなさいっていったのに
先生は聞こえないふりして
こたえてくれない

先生
先生が廊下に立つべきです

膝小僧をまあるく くり抜いて

ちょっとした躓きで
ヒールの高さに問題があったなどとは考えずに
つまずいてころんで擦ってしまった膝小僧の滲みでてくる血の模様に
迂闊にも小さな地図を思い描き
神社マークや郵便ポスト、橋のマークに
田んぼのマーク
膝小僧は広がって
まあるくくり抜いて
もう
きいろの石につまずかないように痛い痛いの飛んでいけって
言ってくれる人は
一人死に
二人死に
誰も彼も死んでいて雉も羊も死んでいて
月明かりに

女の子がお母さんのドレスを引きずって歩いている
襟の大きくあいて　チュールのレースが綺麗だね
いばらの生け垣には
クリーム色の花のようにてんてんと
昨日訪ねてきてくれたおとこの子の骨が夜露にひかっている
お城
は宴の
真っ最中
メインデッシュは
あの青い目のおとこの子
黒パンのせた銀の皿に取り分けて
お母さん
食べてもいいの
死んだお母さんは優しい
ちょっとした躓きで
血が滲んできたけれど
わたしがお母さんになったら
おとこの子を生むわ
神社マークや郵便ポスト
真っ直ぐいくと駅のマーク　線路がないからどこにもいけない

あらん荘

あらん荘に
病人がひとり住んでいて
畳が真っ黒という噂がながれた

その部屋の窓には
茶色いすだれが斜めにかかっており
六つのへやの六つのトビラは
朝から晩まで無口で
あたしはだれにも会うことはなかったが
安普請のアパートの
黒いものは
じわじわとひろがり
アパート全体をのみこんでいった

あらん荘は
あたしの家の
ちょうど東の方角で

白茶けた赤い屋根が朝日にてらされると
そのよこを小学生たちが一列にならんで学校にいく

あたりが暗くなって
夜
その病人の咳がきこえると雨戸のない窓を
橙色のクレパスで
おもいきりぬりつぶしてやる
すると
ふと咳がとまり
けむりのように薄いあらん荘に
あかりがぽっとつく

虎河豚

虎河豚がひっくりかえっていた
提灯にしてやろう

内臓をひっぱりだすと生き物のにおい
臭いのなんのあぶらっぽいのなんの

嘘ばっか
あんたのほうがよっぽど臭いや
内臓
ひっぱりだしてやろか　虎河豚がいった

なんてやつだ
蒸して食ってやる

馬鹿あほと一〇〇回さけんで
箸をもつと急にさびしくなって
毛布かぶってうずくまって泣いた

さびしい婆さんがまたひとり
婆さんばかりで
あんたの夢はごったがえしているねえ

蒸し器がころがってきたり
おいおい泣いてしまったり
ふぐと
とらがひっくりかえったり

五月晴れの朝なのに
つかれた

純喫茶

コーヒー一杯八〇円だった

あの子
会ったばかりでもう泣いてる
ほら
注文しなくちゃ
お店の人　無表情に立っている

ちいさなちいさなミルクピッチャー
くすねて
私のコレクション
とがめられたことはないけどね

灰皿はあっというまに山盛りで

旧姓っていいねえ
いまでもあの子
旧姓のまんま
高い背もたれにかくれて
あの人が
教えてくれた煙の輪っかを練習中だよ

らんぶる　ライオン　田園　琥珀
はしごした夢をみて
私
なぜ泣いていたんだろう
白鳥
ともしび
ルノアール

輪っかになってぽわーん

月よりも白く波がたって

テレビの画面はあれもこれも持ってきてくれる
そしてあれもこれも取り上げていってしまう
テレビのなかの海
エメラルドグリーンの海が画面からはみ出して
強い海の匂いが漂ってくる
はるか向こうに砂浜が広がり
南の島
さっきまで
ハルカとシューヘイが歩いていた四つ角
もうずっと遠くになってしまって
はだかの男が海藻のからまったゴロ石の上を
跳びはねるように
こちらに

向かってくるのが見える
あたかも
海が
ここにでもあるように
そんなことどうでもいいじゃない
昨日　野口五郎が歌っていた
続く言葉はなんだったっけ
いつだって
愛してるじゃない
そんな歌詞だった
ハルカとシューヘイは高校の教室に入っていった
そしてキスをしている
海はもう
あたしの足を濡らしている
うまくいかないってわかるんです
あいつ　嘘つきだから
男は
あたしのことなど気にもとめず
両手いっぱい水を
すくい上げ

耳なれないことばで歌いながら海を抱きしめている
そんなに簡単に解らないよ
テレビを消した
ハルカもシューヘイも男も海も消えた
どこに帰っていったんだろうか
やけに白い月だ
月に引っ張られた海の底　底で波がたっている

君の声は反響して薄い呼吸を繰り返している

寡黙にカリガネの西の山の麓を見ているその姿からは
こぼれたスープもパンのかけらも
見つけることはできないが
何かの拍子に
君の肉体の
透明なポケットからそれらはこぼれ落ちている

だからといって真っ白なシャツにシミがつくわけではないが
さびしい肉体を見つけたのは偶然から来た一つの過ちだったのかもしれない

山葵のあのツンとくる鋭さのようなものを隠したまま
羞恥そのものが正装しているような君を見ることがある
色もそのまま

腐りもしないカタチのまま
ヒトたちの食べるものが小さな箱に収まって
箱の闇に躓きながらわたしの短い人差し指が差す先に見える鳥の
懸命に羽ばたく見開いたままの目に映る君が愛おしい

君はいつかの夜
水晶だといってきれいな石を見せてくれたことがあった
どこから見てもわたしの知っている水晶ではないが

君が大事そうに収めたポケット
肉体の透明なポケットはほんのり色づいて
わたしのなかで深い井戸になり君の声は反響してずっと遠くの土地を歩いているようで
それでいて

深い井戸は閉じられることもなく一つの生き物のように薄い呼吸を繰り返しているのだ

貸してあげる

ぼくのおちんちん見たいひと　だあれ
って
本の一ページ目にあった
あんまり大きな声で読むので
お黙り
先生がもっと大きな声でいった

父と子と精霊の名において
本のなかでは
お祈りが始まっている

開いてる窓から
蛾が一匹入ってきた
ノートで叩き落とすと

ぽたぽたっとした羽が
ちぎれかけて
衝撃の強さに蛾はきっと目をまわしているのだろう
ピクリともしない

先生のお祈りは短いので子ども達に人気がある
長い説教なんて誰も聞きたくない

このバスケット誰のですか

取手が黒ずんで金具に何か黄色いものがこびりついている
ぼくのです
さっきの男の子がズボンのボタンをかけながらいう

ジッパーじゃあないんだ
あたしはついその手元を見てしまう

あたしのバスケットには卵とツナのサンドイッチが入っている
本当は一二枚切りの食パンで作ってほしいけど
バターが高いからいつも一〇枚切りの子どもっぽいサンドイッチだ

窓の向こうで雨が降ってきた

終礼の鐘が鳴る
慌てて本を閉じる
午後雨って予報だった
男の子　傘持ってるんかなと思う
ビニール傘でよければ貸してあげる
あたしにおちんちん見せてよ

灯りの遠く妹が笑う

スーパーでネギのぬかみそ漬けを売っていた
だれも買っていかない
豚の三枚肉とネギのぬかみそを細く切って
サラダ油で炒めたらどうだろう
すこしだけ醤油をたらして
冷やした豆腐のうえにたっぷりのせる

大丈夫
なんて姉さんいわないで　と泣いた妹に
ガラスの器にとりわけて
とりわけてあげたのに
ぐずぐずしないで食べて
食べなさいよ
いってしまって

ぽっかりとあかるくなって
あかるくなった食卓に
雨がふってきた
夕方までは晴れの予報だったのに
畑の豆が気になりレインコートを着て
あたしの腰よりのびてしまったひょろひょろの
ねこじゃらしを踏みたおしながら
豆は
ねこじゃらしより
頭ふたつ出ていたはずが
ねこじゃらしばかりで
右から左から
おおいかぶさってくる
遠くに
窓
灯りのなかに食卓が見える
料理好きだった妹が買ってきた豆腐
袋に入ったまま置いてある

どうしたのかな

スーパーを出るとこだった
半分ほどひらいた
大きなサヤから
豆がこぼれ落ちそうになっている

しあわせ

頭が
やけに小さいけど
真っ白な羽に覆われた
大きな鳥が
窓から
入ってきた

抱きしめると猫のような
温かさと
やわらかさ
人間の言葉でしゃべったよね

あたしは鳥語を知らないから

いっぱい話したのに
なにも
一つも
覚えていない
大事なことになるとあたしは
いつだって他人になる
世界の果てまで
他人だよ

あとがき

詩はわたしの中でどんな位置を占めているのだろうか、またなぜ人生のかなり遅い時期になって急に書き始めたのだろうか……と第一詩集を出した後に、わたしはある詩誌に書いている。今度のこの詩集は、これらの問いをあらためて考える良い機会となった。詩らしきものを書き始めたころ、それを追いかけるように詩を読み始め、気がつくと読みふけっていた。日常はひどく忙しかったが、どの詩も泣きたいほどキラキラと輝いていた。それはずっと昔のような気もするし、つい最近のような気もする。

当時からずっと気にかかっている言葉がある。それは田村隆一の『詩と批評A』の最初のページに書かれている詩と詩人の相関関係について、である。

ひとりの詩人にとって、もっとも重要なことは、彼自身の原型となり得る詩を、いかなる時と場所において見出すかということではないかと思います。なぜなら、この原型となる詩は、彼に課せられた「地図のない旅」の全体であり、時と、死、そして愛の諸観念がすべて、ひとつのものとなってそこにふくまれているからです。

（「地図のない旅――鮎川信夫詩集について」）

自分にとって原型となり得る詩、という言葉が常に頭の隅にあった。今ようやく自分の書いてきたおぼつかない詩がジグソーパズルのように一つの風景を見せ始めてくれている。そして錯覚かもしれないが、この詩集のなかに、自分にとって原型となり得る詩を見つけたと思った。出発だと思う。ひっくり返されるかもしれないが、それはそれでよし、生きるということは曖昧なものなのだと思う。

二〇二二年　一二月　　　坂多瑩子

物語はおしゃべりより早く、汽車に乗って

著者　坂多瑩子
発行日　二〇二三年一月二八日
発行人　春日洋一郎
発行所　書肆　子午線
〒一六二-〇〇五五　東京都新宿区余丁町八-二七-四〇四
電話　〇三-六二七三-一九四一　ＦＡＸ　〇三-六六八四-四〇四〇
メール　info@shoshi-shigosen.co.jp
印刷・製本　モリモト印刷

ISBN978-4-908568-34-3　C0092